KB189515

생길 거예요, 좋은 일

To. ＿＿＿＿＿＿＿＿＿＿＿＿＿＿＿

From. 찹쌀독

생길 거예요, 좋은 일

글.그림 배성규

RHK
RH Korea

목차

2장. 나른한 오후, 그리고 커피 한 잔

찹쌀독의
특별한 하루

　찹쌀떡처럼 새하얗고 쫄깃하게 생긴 강아지 찹쌀독, 반복되는 평범한 일상 속에도 반짝임이 있고 반전이 있을 거라 믿는 꿈꾸는 강아지. 지난 몇 년간 '찹쌀독의 어떤 하루'라는 이름으로 저를 설레게 해주었습니다.
　사실 찹쌀독은 제 자신을 가장 많이 닮은 캐릭터입니다.
　혼자 있기를 좋아하고, 소심하고, 결정 장애가 있고, 튀고 싶어 하지 않고, 카페에 가면 중앙 자리보다는 구석진 곳을 선호하는 그런 사람.
　평소 얼굴 상이 강아지 같다는 소리를 많이 듣는데, 어느 날 찹쌀떡을 먹고 있는 저를 보고 친구가 "찹쌀떡을 물고 있는 강아지 같다"라고 해서 탄생한 것이 찹쌀독입니다.
　찹쌀독의 주 무대는 집, 거리, 카페 등 우리가 어디서나 맞닥뜨리는 일상입니다. 평범하게 느껴지는 일상 속 무심코 지나치는 작은 모습을 재미 있게 표현하고 싶었습니다. 텔레비전에 나와 스포트라이트를 받는 사람,

혹은 SNS에 올라오는 특별한 일상을 담은 사진들을 보며 왜 나는 특별하지 못할까 고민했던 적이 있었습니다.

하지만 누구에게나 주어지는 오늘을 화려한 스포트라이트로 채우는 사람이 얼마나 될지 생각해보면 그다지 많은 수가 아님을 깨닫게 됩니다. 그리고 행복은 수많은 인생 중 며칠 되지 않는 특별한 날에 좌우되는 것이 아니라 비슷하게 반복되는 평범한 일상에 숨어있었다는 것을 알았습니다. 그리고 그 전제조건은 희망을 포기하지 않고 일상 속의 반짝임을 스스로 찾기 위한 노력이라는 것도요.

저 또한 그런 시기가 있었습니다. 오랫동안 즐겁게 그림을 그려왔는데, 회사에 입사한 뒤 업무로 그림을 대하다보니 더 이상 즐겁지 않다는 느낌을 받았습니다. 흥미도 열정도 잃고 그동안 꾸어왔던 꿈들이 물거품이 되어 흩어지는 것은 아닐까 하는 생각에 기운도 빠지고 한없이 무기력해졌습니다. 그리고 그때 만났던 것이 찹쌀독이었습니다. 하얀 종이 위에 장난스럽게 스케치하듯 연필로 그린 그림들. 어릴 때 보았던 스누피, 꼬마니콜라, 캘빈과 홉스, 곰돌이 푸와 같은 만화 속에서 느꼈던 따뜻하고 아날로그적인 느낌을 일상적인 스토리로 재현하고 싶었습니다. 제가 꿈꿔왔던 그림은 제 이야기를 담을 수 있는 그림이었으니까요.

그래서인지 그림을 그리면서 서서히 평범하다고 생각했던 제 일상이 특별하게 느껴지기 시작했습니다. 그림을 그리기 위해 오늘 경험한 일상 속 소소하지만 기분 좋았던 일들을 매일매일 돌아보다 보니 평범했던 보통날이 정말 특별한 하루로 느껴지기 시작했거든요.

그림을 통해 '저거 내 이야기인데?' 하고 자신의 일상을 돌아봤다는 이야기를 들을 때마다, 어쩌면 찹쌀독은 저의 모습일 뿐만 아니라 이 책을 읽을 독자분들의 모습이 아닌가 싶었습니다. 짧은 팔 다리, 작은 눈, 소심한 성격까지. 평범하고 단점이 많지만 그래서 더 사랑스러운 찹쌀독처럼, 잔잔하고 소소해서 그 속에 담겨진 반짝임이 더 특별하게 느껴지는 것이 우리의 하루 아닐까요?

이 책을 읽으시는 분들도 그런 반짝임을 발견하시기를 바랍니다. 때로는 무언가를 거창하게 시작하기보다 이런 쉼을 통해 인생의 반전이 일어나기도 하는 법이니까요.

사실 특별한 일은 매일 일어나지 않는다.
그러므로 평범함을 특별한 무언가로
포장하는 것은 큰 의미가 없다.

1장

특별한 일 없이
그렇게 시작된 하루

#1
일상에는
겹겹의 의도가 숨겨져 있다

피곤해.
이제는 익숙해질 법도 한데

세상의 시계는
늘 나보다 한 발짝 앞서 움직인다.

따스한 햇살,
포근한 이불,
시간을 확인하고는 반쯤 떠졌다가
다시 감기는 눈,

일어나기 싫다…
더 자고 싶다…

재촉하듯 다시 울리는 알람소리에
지난밤 자기 전 핸드폰을 끄적이다
2시가 훌쩍 넘어서야 잠든 사실을 떠올린다.
왜 밤만 되면 달아나는 잠은 아침이면 더 달게 느껴질까?
'그냥 눕자마자 일찍 잤어야 하는데'
매일 같은 후회를 하고
또 같은 다짐을 하며 이불을 파고든다.

'그냥 딱 이대로 십 분만, 아니 오 분만 더
누워있을 수 있으면 좋겠어.'

여느 때와 다름없이
시작한 오늘처럼 거울에 비친

나는 정말로
평범하기 그지없다.

외모,

취미,

그리고 성격까지.

그런데 사람들이 언젠가부터 나를
찹쌀독이라 부르기 시작했다.

눈코입이 작고 콧잔등이 낮은 게 강아지를 닮았고,
하얗고 동글동글 말랑말랑해 보이는 얼굴이
찹쌀떡 같다나 뭐라나.

얼굴, 몸통, 다리로 구분되는 짧은 3등신의 몸
특징 없이 물렁해 보이는 인상은 나의 콤플렉스였기에,
처음에는 그런 특징을 두드러지게 만드는
그 이름을 사람들이 부를 때마다 부끄럽기도 했다.

사실 나는…

튀거나 나서는 걸 그다지 좋아하지 않는다.
여럿이 있어도 있는 듯 없는 듯
어디든 쉽게 동화되어 눈에 잘 띄지도 않는다.

여럿보다 혼자가 편하고, 카페에 가도
항상 중앙보다는 구석진 자리에 앉아
창밖 풍경이나 카페 안의 사람들을 구경하며
조용히 생각에 잠기는 것을 좋아한다.

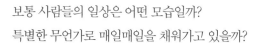

보통 사람들의 일상은 어떤 모습일까?
특별한 무언가로 매일매일을 채워가고 있을까?

집, 길거리, 카페 등 일상 곳곳에서
맞닥뜨리는 대부분 사람들의 모습도

나와 같이 평범해 보인다.

사실 특별한 일은
매일 일어나지 않는다.

그러므로 평범함을 특별한 무언가로
포장하는 것은 큰 의미가 없다.

하지만 그래도
우리의 인생이 흥미로운 것은

평범한 일상을
특별한 반짝임으로

빛나게 해줄 수 있는
반전들이

일상 겹겹이
숨어 있을지도 모르니까.

평소와 같이 그렇게 시작된 보통의 하루였지만,
마지막 에필로그를 읽기 전까지는
아무도 그 끝을 알 수 없는 것처럼.

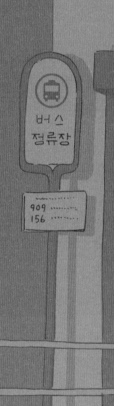

#2
그렇게 또다시
무거운 발걸음으로

여느 때와 다름없이 오늘도,
나는 그렇게 또다시 무거운 발걸음으로
만원 버스와 지하철을 타고 사무실에 도착했다.

자리에 도착해 가장 먼저 하는 일은
컴퓨터 전원을 켜고, 모니터를 뚫어져라 쳐다보는 것이다.
'뭘 봐? 너만 봐도 머리에 쥐가 난다'
종일 앉아 이 녀석만 빤히 쳐다보고 있을 텐데,
하는 생각에 가끔은 쳐다보기만 해도 머리가 아파온다.
그렇게 업무시간 내내 뚫어져라 쳐다보는 모니터만큼이나
많이 봐온 부장님 눈치 덕분에,
늘 익숙한 풍경처럼 책상 한자리 차지하고 높이 쌓여있는
일거리들은 이제 그러려니 한다. 이미 익숙해졌기 때문이다.

어렸을 때 꿈꿔왔던
나의 수많은 꿈들은 어디로 갔을까?

언제부턴가 나의 꿈은 무엇이 되는 것이 아닌
아파트 평수, 연봉의 실수령액, 은행의 잔고처럼
구체적인 숫자로 바뀌기 시작했고,
조금씩 존재조차 희미해지기 시작했다.
'꿈이 밥 먹여 주는 것도 아닌데 뭘…'
애써 외면하기 시작했고, 그렇게 내 삶은 시시해지기 시작했다.
애쓸 필요도 없이 하루를 흘려보내며 살아가다가
문득 지금 앉아 있는 이 자리가
내 자리가 아닐지도 모른다는 생각이 들어
불안해지곤 했다.

열등감에 치이고,
무력감에 치이고,
나이는 점점 먹고 있는데 아직 이뤄낸 건 없고,
어찌해야 할지 방법을 몰라
이러지도 지리지도 못한 채
꿈은 내게서 점점 먼 곳으로 흘러가고 있었다.

매일 반복되는 일상은 다른 사람과
다르지 않다는 안도감을 느끼게 해주었지만
이미 모든 반전을 알고 있는 영화처럼 지루하기 짝이 없었다.
나는 끊임없이 '과연 가야 할 길을 잘 가고 있는 걸까?'하고
스스로를 다그쳤다.
잘못된 길에 들어서 어쩌면 지금껏 걸어온 이 길을
다시 돌아서 가야 할지도 모른다는 생각,
그 생각만으로도 머리가 띵 울리고 기운이 빠졌다.
'그래도 예전에는 인생에 수많은 선택지가 있었는데.'
그러고 보니 과거를 추억으로
떠올리는 나이가 되었다는 것을 실감한다.
사람들은 자주 '그때가 참 좋았지.'하고 말하는데
그 말은 우리 인생에 가장 좋을 때가
이미 지나가버린 과거에 있다는 뜻일지도 모르겠다.

그럼 내일은?
늘 좋았던 시절만 생각하면서 살 순 없지 않은가.
나는 지금 과거를 그리워하고 있지만,
지금 순간이 10년 후
내가 돌아가고 싶은 과거일지도 모른다.

100분짜리 영화를 보러갔는데 처음 10분이 너무 재밌었다.
그런데 나머지 90분이 정말 어처구니없게 재미없다면,
과연 10분 동안의 몇몇 장면만으로
영화 전체를 재미있게 봤다고 할 수 있을까?

재미있는 장면은 언제 시작될까?
좋은 일은 언제 생기는 걸까?
마냥 기다릴 수는 없을 것 같았다.
그렇다면 어떻게 해야하지?

생각하다 보니
무엇이든 하고보자는 생각이 번뜩 들었다.
내 마음이 이끌리는 곳으로
가장 좋아하는 것에서부터 시작해보자!

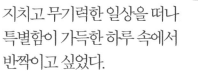

지치고 무기력한 일상을 떠나
특별함이 가득한 하루 속에서
반짝이고 싶었다.

좋아하는 사람과의 즐거운 수다,
비 오기 전 잔뜩 흐린 하늘 사이로 떠도는 흙냄새,
10분 뒤에 도착할 택배,
샤워 후 포근한 이불 속,
조명하나만 켜진 늦은 밤의 더치커피 한 잔!

하루 24시간 어디엔가 꼭꼭 숨어있는
행복의 조각들을 찾아서.

눈높이를 조금만 다르게 살펴봐도,
그 행복의 순간이 하루에도
수십 번씩 나의 곁을 스쳐가는 것이 느껴진다.
지금 이 순간에도.

하고 싶지 않은 것은
내일로 미루자, 일단.

내일 할 일이 있다는 것 또한
의미 있지 않을까.

어떤 노래의 가사가, 어떤 책의 한 구절이, 또 어떤 영화의 한 장면이
우리 중 누군가의 얘기가 될 수 있었다.
그 순간을 발견하지 못한 것은
우리가 자신의 모습을 되돌아볼 기회가 부족했기 때문인지도 모른다.

지금 내 삶은 아마도 과거에 그려왔던 미래의 모습일 것이다.
누구라도 내 삶만큼은 조금 더 화려해지길 바라겠지만,
지금 그렇지 않다고 해서 당장 실망할 필요도 없다.
끝까지 포기하지 않을 용기만 있다면 어디에든 이를 수 있다.
꼭 이뤄야한다는 부담은 조금 내려놓고, 지금을 즐겨야지!

과거는 다시 추억할 수 있지만,
오늘은 다시 돌아오지 않고,
내일은 아직도 오지 않았으니까.

#3
시시콜콜한 이야기

어느 토요일의 열두시 반,
평소 같으면 밖에 나가려고만 하면
왜 이렇게 다시 눕고 싶은지 모르겠다며
있던 약속도 취소하고 다시 드러누웠을 텐데.
무슨 바람이 불었는지 오늘처럼 이렇게
가끔 산책도 하고 분위기 좋은 카페에 앉아
햇살을 받으며 커피 한잔 하고 싶은 그런 날이 있다.

'오랜만에 밖에 나왔으니
친구녀석이랑 푸닥거리를 좀 해야겠군.'

"어제 과장님이 최신 유머랍시고 개그를 치는데,
너무 썰렁해서 재미가 없는 거야. 안 웃으면 삐질까봐 억지로 웃느라 혼났네."
"사돈 남말 하고 앉았네.
나도 니 얘기 더럽게 재미없어서 자주 피곤하거든"

그냥 편하게 눈치 안보고
하고 싶은 이야기를
스스럼없이 나눌 수 있는
친구가 있다는 건 정말이지 편한 것 같다.

무슨 얘기를 해도 애써 웃지 않아도 되고,
번거롭게 옷장을 뒤적이며 긴 시간 보내지 않아도 되고,
지금 내가 왜 기분이 좋고, 나쁜지 설명하지 않아도 되고,
내가 어렸을 때부터 지금까지 어떻게 자라왔고, 무슨 일을 했고,
어떤 사람을 만나고 헤어졌는지 처음부터 끝까지 브리핑하지 않아도 되는.
구구절절 설명하지 않아도, 죽이 척척 맞아
끊임없이 대화를 이어갈 수 있는 그런 친구 말이다.

사돈남말하고
앉아있네.

우리회사 과장님개그,
너무 썰렁해서
억지로 웃느라 피곤해.

"여보세요?"
"뭐해? 자고 있었어?"

"웬일이래, 니가 이 시간에 전화를 다하고. 무슨 일 있냐?"
"그냥 뭐, 나 걔랑 어제 헤어졌어."

"잘했어, 임마. 어차피 헤어질 거 미련하게 붙잡고 있느니
아니다 싶을 때 빨리 정리하는 게 낫지 뭐. 질질 짜지 말고. 또."
"드라마 찍냐? 울기는! 홀가분하고 좋네!"

"야, 혼자 청승떨지 말고 나와. 술이나 한 잔 하자."

함께 있으면 달달한 애인보다
가끔은 편하게 불러내 술 한잔하며
시시콜콜한 이야기를 나눌 수 있는
친구가 더 고맙고 그리울 때가 있다.

"뭐냐 너. 전 여친한테 전화했어?
이미 끝난 사람한테 이러는 거 아니야 임마!
어제 쿨한 척은 혼자 다하더니
아주 드라마를 찍고 앉았네~푸하하
난 모르겠다 너 알아서 해라 간다~크크크."

그제서야 내가 했던 통화 내용이 또렷이 기억났다.

"내가~~지이이인~~~짜 많이 좋아했다~~
다시 돌아와 주면 안 되겠니~~~"

시간을 되돌릴 수 있으면 좋겠다.
하아…

#4
할머니의 단팥빵

집에서 그리 멀지 않은 곳에
할머니 혼자 운영하시는
아주 오래된 단팥빵 가게가 있다.

젊은 시절 단팥빵 가게로 시집온 할머니는
벌써 30년이나 단팥빵을 구웠다고 하셨다.

무심코 가게 앞을 지나가는데
30년 세월 동안 뭉근하게 끓는 팥을 뒤적이고
밀가루를 반죽하느라
이제는 제법 낡아버린 오븐으로
빵을 굽고 있는 할머니의 모습이 눈에 들어왔다.

달콤한 것이 생각날 때면
종종 집에 가는 길에 들리곤 했던 이곳.
문을 열고 들어가면 항상

봄날에 벚꽃이 흐드러지게
피어있는 것처럼
달달한 향기가 나를 맞이해주었다.

동그란 모양에 점 몇 개가 찍혀있을 뿐인
수더분한 단팥빵의 모습을 마주할 때마다
'너도 나랑 닮았구나'라는 위안을 느꼈다.
한입 베어 물면 뜨겁지도 차갑지도 않은
미지근한 온도의 단팥이 울컥 배어 나와
차갑게 가라앉은 속을 따뜻하게 데워주곤 했다.

"할머니, 30년 동안 빵 구우셨으면
이젠 눈 감고도 구우시겠다. 그죠?"

"30년을 구워도 설익는 날이 있고,
새까맣게 타버릴 때도 있지요.
인생도 그렇잖아요. 70세가 되어도 잘 몰라요.

"나도 70세의 오늘은 처음이니까."

그때도, 지금도, 이 자리에서 묵묵하게
30년 동안 살아오신 할머니의 아직 끝나지 않은 청춘은
여전히 이곳에서 덤덤하게 빛나고 있었다.

마음이 편해진다.
나는 이런 것들이 좋다, 그냥 좋다.
꼭 화려하게 반짝이며 살아야 할 필요는 없잖아.
우리가 살고 있는 지금 그곳에서
오늘은 특별한 존재가 아니어도
각자 내일을 살아갈 의미는 있으니 말이다.
누구에게나 오늘은 처음이다.
내일은 수많은 오늘의 조각들로 이루어지며,
삶은 아직도 계속되고 있고,
꿈꿀 수 있는 시간은 아직 남아있다.

새로운 일상, 새로운 만남, 새로운 관계
이 은밀한 신호는 얼마나 멋진 일인가.

우리는 최선을 다해 인생이라는
이 멋진 여행을 즐기면 되는 것이다.

#5.
당신이 엄마에 대해
착각하는 한 가지

엄마는
참 부지런한 사람이다.

육남매 중 막내로 태어나
어려운 집안 형편 탓에
어릴 때부터 외삼촌들 뒷바라지를 하며,
온갖 집안일을 도맡아 했다.
집안 살림을 거들고 오빠들의 뒷바라지하느라
제때 글을 배우지 못한 엄마는
그것이 늘 가슴에 사무쳤다고 한다.
혹시나 그것이 자식에게 흉이 될까봐
뒤에서 묵묵히 남들보다 더 열심히 했다.

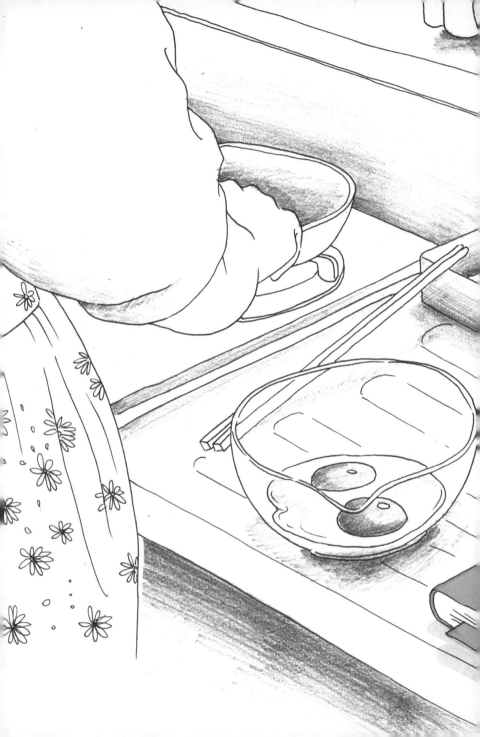

그런 엄마가 쉰을 넘긴 뒤에야 늦깎이 학생이 되었다.
글을 조금씩 배우기 시작했는데, 그 뒤부터 엄마는
시도 때도 없이 틈만 나면 뭔가 쓰는 버릇이 생겼다.

늘 집안일과
드라마에만 몰두하고 있던
평소와는 사뭇 다른 진지한 모습이
조금 낯설게 느껴지기도 했다.

엄마는 옆에 노트와 펜을 끼고 살면서
요리하거나 청소할 때, 커피 마실 때,
드라마 볼 때, 심지어 잠들기 전까지도
끊임없이 노트에 무엇인가를 적었다.

그러던 어느 날,
엄마가 잠시 외출하면서 거실 테이블에 놓고 간
노트를 우연히 보게 되었다.
문득 궁금해졌다.

저기에 무엇을 그렇게 적고 있었을까.
한참을 그렇게 서서 테이블 위를 물끄러미 바라보다가,
결국 나는 엄마의 노트를 펼치고 말았다.

하늘에 ~ 계신 ~ 아빠 엄마 잘 계시죠

나 좀 보세요 , 이제 ~ 줄도 ~ 잘써요

하고 싶은게 ~ 많았지만 몰라서

못하는 ·일이 ~ 많았는데

이제라도 ~ 이렇게 ·께울 수 있어서

     너무 행복해요

          l제 카카오 톡도 ~ 할줄 알

          아빠 엄마도 이제 ~

          나 못 가르친게

          미안해 하지 말아요

          마음에 하늘 나라 ○

          알때 ~ 아부지 ~ 엄마 ~ ○

하늘에 계신 아빠, 엄마 잘 계시죠?

나 좀 보세요. 이제 글도 잘 써요.

하고 싶은 게 많았지만 몰라서 못하는 일이 많았는데,

이제라도 이렇게 배울 수 있어서 행복해요.

이제 카카오톡도 할 줄 알아요.

아빠 엄마도 이제 나 못 가르친 거 미안해하지 말아요.

다음에 하늘나라에 만나러 갈 때,

아부지 엄마 이름도 꼭 예쁘게 써드릴게요.

요즘은 많이 느껴요. 나도 이제 나이가 들어가고 있다는 것을.

꽃도 시들기 때문에 꽃이지 않겠어요.

누군들 살아 한때 꽃이 아니었던 적이 있었을까요.

아파하지 않을게요.

내 인생에 이 찬란한 봄날이 가기 전에 실컷 즐겨야겠어요.

보고 싶어요 아부지 그리고 엄마"

꼭

엄마는 편지 속에서 소녀처럼 환하게 웃고 있었다.
가을 길가에 핀 코스모스처럼 말이다.
거기에는 매끄럽게 잘 다듬어진 문장도,
놀랍도록 특별한 사연도 없었지만,
투박하게 삐뚤빼뚤 써 내려간 글씨에는
지금껏 살아내느라 애썼던
긴 인생의 여정이 담겨 있었고,
뒤늦게 온 인생의 꽃 피는 시절을
설레는 마음으로 꿈꾸는
엄마의 마음이 오롯이 담겨 있었다.

나에게는
별것 아닌 당연한 것이
엄마에게는
행복이고 즐거움이었다.

#6
냉장고

어렸을 때 나는 냉장고 안을 들여다보는 것을 좋아했다.
왠지 입이 심심할 때, 뛰어놀다 들어와서 목이 마를 때,
친구랑 싸워서 씹을 거리가 필요할 때,
아무 이유도 없이 그냥,
시도 때도 없이 냉장고 문을 열었더랬다.

그럼에도 불구하고 냉장고 안은 항상 가득 차있었다.
노란 불빛 사이로 보이는 따뜻한 손길이 느껴지는 음식들이

수많은 감정을 받아내느라
지친 오늘을 뭉근하게
감싸 안아주는 것 같았다.

조금 크면서부터는 맞벌이하시는 부모님 때문에
학교를 마치고 집에 돌아오면 늘 혼자였다.
현관에 들어서면 오랜 시간 사람이 없어 을씨년스러웠지만

그래도 냉장고를 열면
언제나 엄마의 따뜻한 마음을
느낄 수 있었다.

냉장고에 ~ 너 좋ㅇ
닭 볶음탕 해놨ㄷ
성적표 ~ 나온거 아껴
께밀 굴 해줄테니
넌 나에게 가광을 ~

세월이 흘러 나도 어른이 되었고,
어느 날 다시 냉장고를 열었는데

그 안에 엄마가 놓아둔 리모컨이 들어있었다.

마음이 아팠다.
내가 자라온 만큼
엄마도 늙고 있었다.

지나온 아름다웠던 순간들은
시간이 지나면서 무뎌지기 마련이다.
리모컨을 제자리에 놔두면서 슬쩍 바라본 엄마의 얼굴은
세월을 묵묵히 담아낸 모습이었다.

오늘따라 괜히 어른이 되었나 싶다.

#7.
순간

이것만큼은 꼭 해야겠다고 마음먹었는데 때를 놓쳐서
결국 영영 안 되게 되어버린 일이 있었다.
너무 빠른 속도로 달리고 있어 미처 못 보고 지나친 것도 있었고,
미련 때문에 버려야 할 물건을 서랍장 깊숙이 넣어둔 적도 있었다.
이내 그런 아쉬운 마음은 시간이 지나 기억에서 사라지기도 하지만
어째서인지 조금 슬프다.
과거에 미련 두기보다 지금에 충실하고 싶지만,
그것이 쉽게 떨쳐지지 않는다고 자책하지도 않는다.
항상 앞서 가는 사람의 뒤통수를 보며 조급해하기보다
조금 여유로운 마음으로 한걸음 떨어져 걷는 사람도 있을 것이다.
자신의 느린 발걸음을 탓하기보다 느리게 걸으며
그 순간을 음미하며 지나치다 보면,

세상 모든 순간에는 나름의 이유가 있었다는
사실을 깨닫기도 한다.

#8
만족스럽지 않은
하루의 결말

'오늘따라 잠이 오지 않아'
이 말에는 오늘 하루가 만족스럽지 못했다는
기분이 깔려있다고 한다.
특히, 피곤해서 자려고 누웠는데 정작 잠은 못 자고
오랫동안 뒤척이는 경우 대부분 하루에 대한 미련 때문이라고.
하루를 마무리하는 잠자리에서
오늘 해야 할 일을 하지 못했거나,
게으름 피우느라 시간을 허투루 보냈거나,
작은 실수로 일을 그르쳤던,
하루의 과오들을 떠올려보는 것이다.
그래서 그것을 만회하기 위함이라고.
한두 밤이라면 하루 이틀 피곤하고 말겠지만,
이런 일이 반복되면 불면증이 되기도 한다.

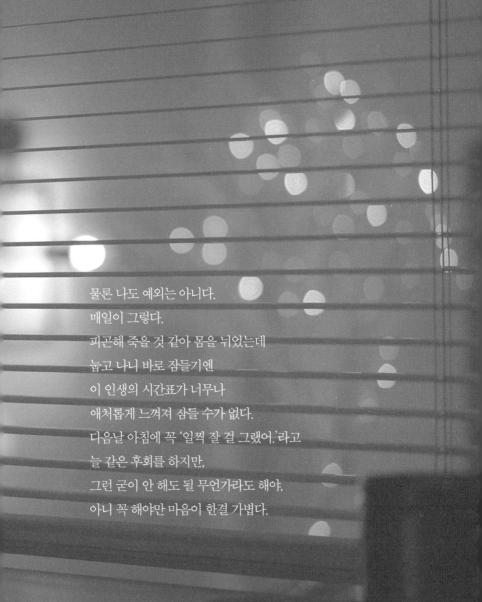

물론 나도 예외는 아니다.

매일이 그렇다.

피곤해 죽을 것 같아 몸을 뉘었는데

눕고 나니 바로 잠들기엔

이 인생의 시간표가 너무나

애처롭게 느껴져 잠들 수가 없다.

다음날 아침에 꼭 '일찍 잘 걸 그랬어.'라고

늘 같은 후회를 하지만,

그런 굳이 안 해도 될 무언가라도 해야,

아니 꼭 해야만 마음이 한결 가볍다.

조금 피곤해도,
미련이 남지 않는
오늘이 더 좋으니까.

#9
밤하늘을
물들이는 꿈

날씨가 맑아 밤하늘의 별이 유독 잘보이는 그런 날.
밤하늘을 헤아리고 있으면 마음이 아득한 곳으로 가라앉으면서
저 깊은 곳에 있던 어린 시절의 기억이 수면 위로 고개를 내민다.
친숙하면서도 낯선 기분, 그런 기분에 사로잡힌 채
상상 속에서나 만났던 어릴 적 친구들을 하나씩 불러 모은다.
나의 어렸을 적 상상 친구는 누구였더라? 하고.
다시 찾고 싶은 순간들이 있다. 어린 시절 꾸었던 꿈들처럼.
하지만 자라며, 빨리 세상에 적응하기 위해
혹은 세상살이에 알맞은 어른이 되기 위해
꿈이나 감정, 추억 같은 무거운 것들은 그곳에 두고 온다.
'지금 잘 하고 있어'하고 스스로를 격려하면서도
소중히 간직해온 어린 시절 기억들이 점점 사라지거나
희미해진다는 것에 너무나 울적해지기도 했다.

살면서 느꼈던 수많은 감정과
그 모든 순간을 긍정할 수는 없겠지만,
어른이라면 꼭 성숙해야 한다는 강박관념 때문에
어쩌면 우리는 많은 것을 억누르며
가둬둔 것은 아니었을까?
세상의 모든 상대되는 것은
서로의 존재를 필요로 한다.
힘들면 포근하게 안아주는 사람이 있고,
기쁜 일이 있으면 슬픈 일이 있고,
성숙한 어른에게도 가끔은
무구한 눈으로 세상을 볼 줄 아는
아이의 감성이 필요하다.

내가 소중하게 여겨왔던 수많은 순간들이
별이 되어 내 마음 속 깊이 박히는 것이 느껴진다.
그렇게 나는 어른이 되었다.

그 하루에 커피 한 잔, 한 잔은 마실 때마다
잠시 숨을 고를 수 있는 느긋함을 만들어준다.
무료한 일상 속 작은 틈이랄까.

2장

나른한 오후,
그리고 커피 한 잔

#10
커피 한 잔,
햇빛 한 점.

햇빛이 따스하게 반겨주는
어느 오후,

준비물은 비스킷과 만화책,
그리고 향긋한 커피 한 잔!

귓가를 간질이며
살랑살랑 불어오는 바람과

나른한 오후에 취해,
또 다른 생각에 잠긴 채 꿈을 꿔

#11
달콤한 시간

그 날은 어쩐지
심장이 두근거리던 날이었어.

말랑말랑한 구름들이 창가 주변에
울타리를 치고 있고,
그 사이로 실눈을 뜬 해가
슬몃슬몃 스며들어오고 있었어.

이른 아침 한적한 거리,
아침이 오고 있는 냄새,
내가 첫 손님인 브런치 카페

카운터 앞에 서서 메뉴를 고르며
이상하게 행복한 예감에 사로잡힌다.

잔잔한 음악이 흐르며,
어제에 대한 아쉬움도
다가올 오늘의 설레임도

햇살은 부드럽게 감싸 안으며
모든 것을 이해한다고 말한다.

어떤 내일이 올지는 몰라도
어쩌면, 아니 다시 오지 않을
지금 이 순간을 즐길래.
따뜻한 라떼와 달콤한 도넛과 함께하는 시간.
달콤한 나의 시간.

#12
생각의 온도

가을의 끝.
한적한 공원 벤치에 앉아 떨어지는 낙엽을 보고 있었다.
친구는 "저 떨어진 낙엽은 어느 세월에 다 치울까" 하고 말했고
나는 "낙엽이 떨어지는 길을 걸으면 낭만적이잖아" 하고 대꾸했다.

생각에는 +도 -도 없다.
온기와 냉기가 공존하는 온도가 존재할 뿐이다.

떨어지는 낙엽이 누군가에게는 허무함일 수도 있지만,
다른 누군가에게는 낭만적인 기억,
또 다른 누군가에게는 따스한 추억일 수도 있다.

왜냐하면
우리는 각자 다른 생각의 온도를
가지고 있기 때문이다.

스쳐가는 손끝의 온도와
스며드는 마음의 온도가
예전 같지 않은 것은 왜일까?

#13
주말의 정석

그렇게 기다리던 주말이 왔다.
모처럼 알람이 울리지 않는 조용한 아침,
일단 실컷 자고 하루를 시작하는 것이 정석이다.

AM 10 : 30

'지금이 몇 시지?'
'오랜만에 약속도 없고…'
오예! 느긋하게 혼자만의 시간을 보내야지.

AM 10 : 56

'그래도 주말인데 바깥공기라도 쐬어볼까?' 하는
생각에 나갔더니 찬바람이 쌩쌩 분다.

AM 12 : 50

'배고픈데…'
일단, 뭐라도 먹고 생각하자.

PM 02 : 29

심.심.하다.

PM 04 : 14

'그냥… 누구라도 불러낼까? 말까?'
나갈까? 말까?
친구에게 전화를 할까? 말까?
마음 속에 때늦은 후회와

망설임이 공존한다.

PM 05 : 36

에이, 그냥 말지 뭐.
오늘은 원래 심심한 듯 여유로운 듯
비어있는 시간들을 즐기려 했어.

주말이라는 단 시간들을
나 혼자 조금씩 조금씩 아껴 먹을 거야.

벌써 반이나 먹었네···

PM 07 : 05

치킨과 맥주와 함께하는 주말 저녁,
나가지 않길 천만다행이야!

PM 09 : 12

너무 하루 종일 뒹굴거리기만 했나…?
뭐… 혼자 노는 게 똑같지 뭐.

AM 12 : 30

나는 혼자 있는 걸 제일 좋아하니까

아마
이번 크리스마스에도
솔로각이 분명한 것 같다.

JINGLE BELL
JINGLE BELL ROCK

데자뷰인가...

#14
커피프린스
1호점

원래 나는 커피를 마시지 못했다. 아니 좋아하지 않았다.
세상에 달고 맛있는 것이 얼마나 많은데, 굳이 왜?
사람들은 저 쓰디쓴 아메리카노를 돈 주고 사 먹을까,
라고 생각할 정도로 이해가 안갔다.
그런데 2007년 여름이었나,
'커피프린스 1호점'이라는 드라마가 방영되고
선풍적인 인기를 끌면서, 커피는 언제 어디서든
접할 수 있을 정도로 우리 일상과 가까워졌고,
그렇게 단지 먹는 음료만이 아닌
카페에서 보내는 여유로운 시간이라는 기분 좋은 이미지로
우리의 생활 속에 스며들기 시작했다.
스무살 때 처음 설탕 없는 아메리카노를 맛보고
인상을 팍 찌푸렸던 나 역시, 친구를 따라 분위기 좋은 카페
이름조차 생소한 긴 제품명이 붙은 커피를 마시며,

조금씩 조금씩 커피와
커피의 향을 담고 있는
그 공간에 중독되고 있었다.

부스스한 머리로 하루를 시작하면서,
점심식사를 하고 나서,
노곤해지는 오후 일과 중에,
바쁜 하루를 보내고 난 뒤에,
심지어 그림을 그리고 있는
지금 옆에도 커피 한 잔이 놓여있다.
어떻게 가는지도 모르는 하루,

그 하루에 커피 한 잔, 한 잔은 마실 때마다
잠시 숨을 고를 수 있는 느긋함을 만들어준다.
무료한 일상 속 작은 틈이랄까.
그래서 처음 커피의 쓴맛에 인상을 찌푸렸던 나도
그 맛에 점점 익숙해졌고, 폭 빠져들었고,
사랑하게 된 것 같다.

'역시 카페인은 중독이야'

#15.
봄, 사랑
그리고 벚꽃

봄바람에 벚꽃이 흩날리는
한적한 오후 2시,
무작정 걷고 싶어서
공원으로 발걸음을 돌렸다.
사람들은 가벼운 옷차림으로
저마다 봄을 만끽하고 있었다.

떨어지는 벚꽃 눈을 맞기 위해
이리저리 뛰어다니는 많은 사람들 사이로
유독 천천히, 두 손을 꼭 맞잡고 걸어가는
할아버지 할머니가 보였다.
괜히 마음이 따뜻해지면서 벅차올랐다.

사랑이란 뭘까.
내 인생은 어떤 모습으로 변해갈까?

그 흔한 배경음악 하나 없는 한적한 오후,
일상적인 대화를 주고받는
두 분의 행복한 표정에는
감히 손쉽게 치장할 수 없는
압도적인 인생의 깊이가 느껴졌다.

벚꽃나무 아래 두 손을 꼭 잡고
꽃잎을 맞고 있는 노부부의 모습이 아름다워 보였다.
훗날 내 삶의 언덕 꼭대기에서
나도 이런 순간을 만끽할 수 있을까?

#16
뫼비우스의 띠

봄에는 벚꽃놀이 한다고
커플들이 거리로 쏟아져 나오니까

여름엔 삼복더위 때문에
잘못하면 탈수증세가 생길지도 모르니까

가을은 괜히 마음이 붕 뜨는
천고마비의 계절

겨울은 추워서 밖에 나가면

얼어 죽으니까

알면서도 왜 그랬을까?
늘 부질없는 헛된 다짐만
끊임없이 반복한다.

#17
퇴근 시계

'왜 이렇게 시간이 안갈까'
원래 출근 후 시간과 퇴근 후 시간은
각각 중력과 가속의 법칙이 적용된다.
갔으면 좋겠는 시간은 접착제를 바르기라도 한 것처럼
끈질기게 다시 들러붙고, 머물렀으면 좋겠는 시간은
초고속 엘리베이터를 타기라도 한 것처럼,
눈 깜짝할 새에 '땡~' 하고 지나가 버린다.
그러니 다시 시계를 들여다봐도
시침은 조금 전과 별 차이 없을 수밖에.
직장인의 58%가 회사에 출근해서 가장 많이 하는 생각이
바로 '퇴근하고 싶다'라고 한다.
또한 회사를 다니면서 가장 답답한 순간 중 하나로
할 일이 다 끝났음에도 불구하고,
눈치를 보느라 일하는 척을 할 때를 꼽았다.
'나는 뭐 때문에 눈치를 보고 있을까.
그런데 그냥 가기에는 왠지 뒤통수가 따갑다.'
역시, 나와 같은 생각을 하는 사람이 많았다.

회사에서 하루에도
수십수백 번씩 하는 생각들.

회사 때려치우고 싶다,
점심 뭐 먹지,
퇴근하고 뭐 하지,
휴가계획서는 언제 제출하지,
오늘은 꼭 눈치보지 말고 퇴근해야지,
그리고 마지막엔 하이라이트로,
나를 힘들게 하던 상사에게
사직서를 척 내미는 모습을
상상해보곤 한다.
'속이 다 후련하네.'
나는 마음만 먹으면
떠날 준비가 되어있다고 늘 되뇌이지만
정작 그것을 실천에 옮기는 것은 어렵다.

사직서

월요일은 아직 채 가시지 않은 주말의 후유증이 심해서
화요일은 아직 주말까지 4일이나 남았다는 사실이 허무해서
수요일은 아직 수요일밖에 되지 않았다는 사실이 충격적이라
목요일은 하루만 더 버티면 주말이라는 기대감에 잔뜩 부풀어서
금요일은 이제 몇 시간만 버티면 된다는 실낱 같은 희망에 가득차서

좀처럼 가지 않는
애꿎은 시계만 쳐다보고 있다.
하지만 오늘도 퇴근의 시계는 멈춰버린 듯하다.

'따뜻한 위로라도 받으면 괜찮아질까' 하는
생각도 들지만, 딱히 누구에게 말하기도 애매해서
혼자 견뎌야 할 때가 많다.

3장

난 그래서
오늘이 참 좋아

#18
아빠라는
사람

한없이 무뚝뚝하고
다가설수록 어렵지만
한평생 어느 때든 기댈 수 있는
나무가 되어준 사람.

조금씩 커 가면서 아버지는
굉장히 어렵고 멀게만 느껴지는
사람이 되어있었다. ㅆㅆ

삼진아웃!

허허.

글쎄,
우리 아들이
이번에 책도
나온다고
그러네 허허.

아버지는 여전히 제자리에 계셨다.
언제나 한걸음 뒤에서 말이다.
아버지가 아니라,
내가 바뀌고 있었던 건 아니었을까?

하지만,

다녀왔습니다~

그렇다니까!
내가 뭐
해준 게 있나
자기 혼자
알아서 척척
잘하니까 허허

언제부턴가 아버지의 손을 잡는 것이 이상해졌고
언제부턴가 단둘이 집에 있어도
몇 마디 이상 대화를 나누는 법이 없어졌다.
그렇게 변해버린 나와 아버지의 관계가 어색해서
슬쩍 방으로 자리를 피한 적도 있었다.
아버지는 단지, 표현하는 법을 몰랐던 것뿐이다.

묵묵히 뒤에서
자식을 응원해주는
아빠라는 남자

#19
엄마라는
사람

제일 편하기 때문에
늘 짜증만 내지만
돌아서면 제일 미안하고
그리운 사람.

엄마의 잔소리는
언제나 일상이다.
엄마는 쉴 새 없이
잔소리를 한다.

아이고, 비가 오려나.
다리가 왜이리 쑤시나.
얼른 나와서 차려줄 때
먹고 자라잉!

드라마를
서도,

나는 분명히
깨웠다이!
나중에 딴소리
했단 보자 그냥

빨래를 하면서도,

내가 여기
흰옷 넣지
말라했제?
꼭 말이야
엄마가
말하면
귓등으로
듣고말얘!
으이그

달그락
락

촤아아아

으이그 진짜
먹으라고 할 땐
안먹는다~
안먹는다~
그래놓고

니는 꼭
엄마를
두 번
일하게
만들제!

설거지를 하면서도,

마트를 가도,

집에 아직 먹다 남은거 있는데, 당장 내려놔라 증말 콱! 그냥 맨날 다먹지도 않으면서, 자ㅏㅏㅏㅏㅏ꾸 그렇게 퍼다 날라라 아주 그냥

새 옷을 사도,

아직 옷장에 옷이 그렇게 천지 널렸는데, 있는 옷 입어도 될것을 맨날 천날 사다가 모아서 왜 그냥 옷집을 차리라 못 살겠다 진짜 마 그냥!!!

그래도 엄마의 잔소리가 싫지 않은 이유는,

엄마의 잔소리가,

나를 키웠기 때문이다.

엄마

밥먹었어?

뭐먹고싶어?

맛난거해놓고, 기다리고있으마

늘 주기만 했던 사람
한평생 자식의 이름으로 살아도
세상 누구보다 행복한 사람
떠올리기만 해도 내게는
가슴 아픈 사람

엄마라는 사람

#20
응답하라,
나의 청춘

추억이 가진 현실적인 의미는 다시는 돌아갈 수 없다는 것이다.
시간은 흐른다. 눈 깜짝할 새 지나갈 뿐만 아니라,
이미 지나가 버린 것은 되돌릴 수 없다.
잘 알지만, 문득 지난 날 내 모습이 그리워질 때가 있다.
지나간 시간은 내가 가지고 있던 그 시절의 반짝임,
낭만적인 꿈, 그 시절 내가 사랑했던 것들을 함께 가져가기 때문이다.

사람들이 버릇처럼 청춘이 '아름답다, 아름답다' 하고 말하는 이유도,
아마도 그것 때문일 것이다. 그 찰나의 순간에 가장 눈부시게 반짝인 다음
다신 돌아올 수 없는 과거 속으로 사라져버린다.
아빠의 청춘은 삶의 무게에 짓눌린 중년의 가장이 되었고
엄마의 청춘은 본인이 아닌 자식의 이름으로 사는 엄마의 모습이 되었고,
같이 꿈꾸고 철없이 놀던 친구들의 청춘은, 시간에 쫓겨 하루가 어떻게
흐르는지 모른 채 살아가는 나이가 되었다.

우리 모두에게는 그런 청춘이 있었다. 찬란하게 빛나던 그때.
사람들이 토토가, 응답하라 1988 같은 그 시절의 향수를 그리워하는 것도
지금 모습이 그때 꿈꾸던 모습이 아닐지라도 잊고 있었던 가장 빛나던
그 시절이 그곳에 있었기 때문 아닐까?

미처 마지막 작별인사를 전하지도 못한 채 흘려보낸,
다시는 돌아올 수 없는 것들에 대해
뒤늦은 작별인사를 고한다.

 들리나요, 나의 청춘
응답하라, 나의 청춘

#21
인생은
아이러니

살아있니?
내말들리니?

이리와봐.

어느 날 갑자기 몸 한가운데에 커다란 구멍이 뚫려버린 것처럼
심장이 쿵, 하고 내려앉았더니 힘이 빠지고 우울하기도 해서
아무것도 손에 잡히지 않는 날이 있다.
'따뜻한 위로라도 받으면 괜찮아질까' 하는 생각도 들지만,
딱히 누구에게 말하기도 애매해서 혼자 견뎌야 할 때가 많다.

'아프니까 청춘이랬잖아. 아픈 만큼 성숙해질 거야.'
'다들 뭐 사는 게 그렇지. 다들 힘드니까.'
'내가 선택한 거니까. 백날 불평한들 뭐가 달라지겠어.'

허전한 마음에 친구들을 만나 위로를 받고
무언가 채우려 억지로 애쓰는 것보다
때로는 힘들고 우울한 나를 달래주었던 것은

'조용한 카페에서 마시는 커피 한 잔'
'혼자 극장에서 보는 심야영화 한 편'
'월급날 늘어난 통장잔고'

#22
지우개

'이게 뭐지?'
방 정리를 하다가 책상 아래에서 우연히 발견한 종이 박스.
아무것도 쓰여있지 않은, 찾는 이도 없어, 아무 의도도 없이
그 자리에 쓸려 들어간 듯한 그 모습 그대로.

상자 하나가 형광등 불빛에 제 몸을 드러내고 있었다.
그 안에 대체 무엇을 담아두었던 것일까?
조심스럽게 열어보았다.

100장의 편지.
'못 잊을 줄 알았는데… 당연스럽게 잊고 잘도 살았구나.'

그제서야 기억이 났다. 그것이 무엇을 의미하는지.
그렇게 모든 게 변하고 서로의 기억에서 잊혀져도
이렇게 문득 스치듯 떠오르는 그때의 순간, 그때의 느낌.
차라리 내 마음을 버릴 때 함께 버려 버릴 걸 그랬나.

왜 여기에
이렇게 남겨뒀을까.

기억의 잔상이란 참 잔망스럽다. 사랑했던 사람을 떠나보내고,
남아있던 마음도 가슴 속에서 도려내 다 쏟아버렸는데,
무의식 속에 남아있는 기억의 잔상이
가끔씩 가슴 한구석을 시큰거리게 만든다.
예전에 함께 좋아하던 가수의 노래를 들었을 때,
어디선가 익숙한 향기가 느껴졌을 때,
무심코 '아 그러고 보니 옛날에도 이런 적이 있었는데' 하고 아련해지다가
'그런데 벌써 다 지워버렸네'라는 생각에 가슴이 시큰거린다.
남아있는 잔상들은 남은 추억이란 이름으로
지독하게도 사람을 못살게 군다.
그것으로부터 벗어나고 싶어서 필사적으로 잊은 척을 하지만
거기에는 새롭게 시작하기 위해 어쩔 수 없이 아픔은 가슴에 묻고
곪아가는 상처로 만신창이가 된 슬픔이 묻어있다.

REM

MBER ME!

RY YOUR BEST,
   MAY BE WE CAN.

영화 이터널선샤인을 보면,
남자는 헤어진 여자와 보냈던 모든 시간을 기억에서 지우려 한다.
그동안 얼마나 힘들고 아파왔었는지,
그는 영화초반부터 흐느끼며 울고 있다.
사랑했던 누군가를 기억에서 지워야 한다는 것,
헤어진 사랑의 괴로움. 하지만 남자의 마음은 끝내
기억의 테두리에서 벗어나 점점 무너져 내리고 만다.
막상 기억을 지우려하니 기억을 놓치기가 싫어진다.
결국 남자는 여자의 손을 붙잡고 도망친다.

누군가에게서
잊히고 싶은 사람은 없을 것이다.
그 대상이 바로 내가 소중하게
여겼던 사람이라면 더더욱.

영화에서처럼 모든 기억을
지워버리고 싶을 만큼 아픈 경험을 했어도,
처음 시작할 때 그 순간으로 돌아간다면
과연 똑같이 사랑에 빠지지 않을 사람이 얼마나 될까.

아픔은 지우고 싶어도,
추억은 간직하고 싶은 게
어쩌면 우리의 양면성인지도 모른다.
그 사람을 지우면 그 사람과
나눈 감정들을 부정하는 것과 같다.
그 사람의 모든 흔적을 지워버리고 싶어서
지우개를 꺼내들었다가 내려놓았다.

아픈 흔적을 지우기 위해
나까지 지워버릴 수는 없으니까.

#23
혼자 있고 싶은 밤

누구의 방해도 받지 않고 오롯이 혼자 있고 싶은 그런 날이 있다.
자꾸만 울리는 휴대폰 메시지 알림음도 귀찮고,
주변 사람들의 관심도 왠지 부담스럽고 거슬려서
문을 걸어 잠구고 방안에 틀어박히고 싶은 날.
그러다가 조금 외롭기도 하고, 사람들의 관심이 그리운 것 같기도 해서,
걸어 잠근 빗장을 슬쩍 열어 밖을 보았는데
까만 거실과 텅 빈 소파만 보여서 더 울적해졌던,
그러다 울컥 생각이 더 많아지는 그런 날.
'한숨 자면 조금 나아질거야'란 생각에 자리에 누웠지만
좀처럼 잠도 오지 않아 방안에 불을 꺼놓고,
아무것도 보이지 않는 방에 누워 조용히 많은 생각을 했다.
핸드폰을 열어 메신저에 등록된 사람들을 찬찬히 훑어보다가,
어쩌면 지금 그들 중에서도 나처럼 잠 못 이루며
메신저 목록을 뒤적거리는 사람도 있겠지,
대답 없는 혼잣말을 중얼거려 본다.
나이를 먹어서일까? 아니면 비로소 어른이 되려는 걸까?
어디서부터 오는 건지 알 수 없는 이 기분.
혼자 있는 방. 혼자 우는 밤.

#24
달빛 창가에서

오늘 같은 밤이 좋다.

모든 것이 멈춰버린 새까만 밤,
이 긴 밤을 나홀로 종종 즐길 때가 있다.

지나간 옛 사람을 떠올리기도 하고
좋았던 옛 추억을 되새기기도 하고

그렇게 유난히 길게 느껴지는
잠이 오지 않는 그런 밤

별이 참 밝게 빛나는 오늘 밤.
달도 잠든 쓸쓸한 밤.

혼자서 바라보는 창밖 풍경이
빛바랜 기억들과
바람을 타고 스쳐 지나가면
이 조그만 꿈이 사라질지도 몰라.

이런,
또 혼잣말을 하는 나.

#25
하루의 끝에서

벌여놓은 일들을 부랴부랴 주워 담고 보니,
시간이 가는 것도 모르게
길었던 하루가 끝나있었다.
나는 여느 때처럼 맥이 빠져있지만,
땅거미 진 밤의 그림자가 드리운 동네를 지나
그리웠던 나의 집으로 돌아왔다.

몸도 나른해지고,
마음은 편안해지고,
달달한 간식이 너무나도 생각나고,
내가 선택한 모든 게 있는 지금.

오디오에서 흘러나와 공간을 타고 흐르는 음악소리.
모든 걸 알고 있는 것 같은 달빛이
음악과 함께 잔잔하게 흐르는, 그런 밤.

이 밤이 지나고 나면 또 새로운 하루가 시작되겠지.
잠시 생각을 멈추고, 달빛과 재즈음악의 콜라보에 귀를 기울인다.
밤바람을 맞으며 마시는 맥주 한 잔은 더할 나위 없이 좋은 하루의 마무리.
이 시간을 얼마나 기다렸는지 몰라.
시간이 잠시 동안만 멈췄으면 좋겠어.
아니면 아주 조금만 천천히.

힘들었지?
괜찮아. 그런 날도 있는 거지 뭐.
참 잘하고 있어. 지금처럼만 계속해.

달빛이 따스하게 어깨를 감싼다.

추억이 뭐 별건가.
돌아보면 살아왔던 모든 과정이
다 추억인 거지.

매일매일 똑같아 보이는 날들을
매일매일 똑같이 흘러가는 날들을
특별하고 의미있게 만들어 가는 거

그게 인생이지 뭐.
난 그래서 오늘이 참 좋아.

그렇게 흘러갔던
고단한 하루의 끝에서 전하는 말,

수고했어, 오늘도,
내일도 잘 버티자.

나지막한 내 목소리가
작은 위로가 된다면 참 좋겠어.

#26
결정장애

우리는 살면서 정말 많은 선택과 결정의 순간에 직면한다.
때론 선택의 갈림길에서 어느 쪽도 고르지 못하고 괴로워하기도 한다.

다른 사람이 보기에 정말 사소한 고민이 본인에게는
너무 크게 느껴져서, 고민 자체보다는 그런 생각의 갭이 힘들게 한다.
특히, 저렇게 주관이 없어서야 하는 눈길로 쳐다보면
나도 모르게 더 움츠러든다. 그런 것이 반복되다보니
더 선택이 어려워지는 악순환이다.
'결정장애' '선택장애'라는 학명까지 등장한 것을 보면
그와 같이 선택하는 힘이 부족한 사람들이 적지 않은 모양이다.
나는 왜 이렇게 주관이 없고,
선택하는 힘이 부족할까 스스로를 타박하지 말고
그냥 난 단지 좀 더 신중한 것뿐이다, 라고 생각하면 어떨까?
오늘은 누구에게나 처음이며, 비슷한 선택의 문제라 할지라도
어제와 오늘의 선택이 다른 결과를 가져올 수도 있다.
그래서 나는 선택할 때 신중에 신중을 더한다.
이 돌다리를 건널까, 말까 두드리기만 하다 밤을 새는 타입인 것이다.
다른 사람이 보기에는 너무 소소해서 어이없게 느껴지더라도 어쩔 수 없다.
과감한 선택력을 가진 사람이 있는 반면
선택에는 신중에 신중을 더하는 것이 나니까.
꼭 오랜 시간을 투자했다고 해서 성공률이 비례하는 것은 아니지만,
오랜 시간을 고민한 결과이기에 후회가 덜하다.
하지만 가끔씩 내게 선택할 권리가 주어진 것인지
선택을 요구받고 있는 것인지 헷갈릴 때가 있다.

MENU

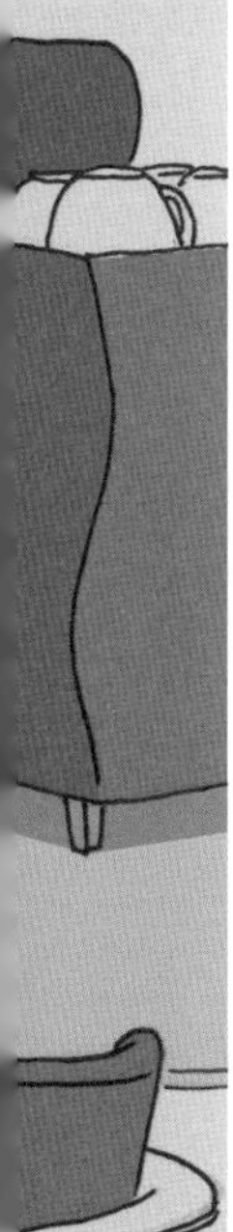

카페에 갔다.

빼곡한 메뉴판을 보고 머리가 멍, 해졌다.

'요즘 카페들은 도대체 메뉴가 왜 이렇게 많은 거야?'

차라리 메뉴가 몇 개 없었다면 선택도 간단했을 텐데.

나 같은 사람은 거의 시험을 치르는 느낌이다.

"주문하시겠어요?"

"잠시만요! 음…뭘 먹지…"

"천천히 골라보세요!"

(1분 뒤에)

"뒤에 분 먼저 주문 도와드려도 될까요?"

"네? 네…"

카페를 나와서 기분전환 겸 쇼핑을 하러 갔다.

작년에 샀던 옷도 예뻤는데, 왜 매년 이렇게 마음에 쏙 드는 옷이

나오는지 이해가 되지 않는다며 투덜거리다가

정말 마음에 드는 옷을 보고 발걸음을 멈추고 말았다.

마음에 드는데 어떻게 그냥 가? 입어 봐야지.

그런데 난관에 봉착하고 말았다.

"저한테 어떤 색이 더 어울려요? 흰색? 검정색?"

"피부가 흰 편이라 흰색이 훨씬 잘받으세요!"

"그래요? 전 검정색도 괜찮은 것 같은데…고민이네…"

검정색이 마음에 들었지만 흰색이 잘 어울린다는 판매원의 말에

한참을 고민하다가 결국 흰색 티셔츠를 사들고 집으로 돌아왔다.

판매원의 미간에 깊게 패인 주름이 마치 '그게 고민할 거리라도 돼?

빨리 좀 결정하지' 하고 말하는 것 같았기 때문이다.

오랜 고민 끝에 구입한 옷을 들고 집에 가기 전 미용실에 들렀다.

"어떤 스타일을 생각하시나요?"
"아, 잠시만요. 음… 어떤 머리가 어울릴까요?"
"요즘은 이런 머리 스타일이 유행이에요.
이번에 연예인 김수현도 이 머리를 하고 나왔더라구요."
"저한테 잘 어울릴까요?"
"네, 잘 어울리실 것 같아요! 이렇게 잘라드릴까요?"

잘 어울릴 것 같다는 미용사의 말에
머리를 자르고 거울에 비친 모습을 보니…
'이건 김수현이 아니라 그냥 돌김인데…'
'내가 또 이럴 줄 알았다. 그냥 원래대로 자를걸.'

**좋은 선택을 위해서 신중하게 고민해도
실제로 나의 신중함과 결과의 오차범위는 언제나 상당하다.**

그럼에도 불구하고 나를 매번 망설이게 하는 것은
'실패하는 것이 두렵다'는 강박 때문인지도 모른다.
실패는 성공의 어머니, 일단 선택하고 만족하지 못했다면
교훈으로 삼아 다음 번에 현명하게 대처할 수도 있다.
때로는 고민 없는 직감적인 선택이 좋은 결과를 가져오기도 한다.
나도 잘 안다, 알면서도 안 되는걸 어떻게 하겠는가.

하지만 선택의 문제로 지금 너무 힘들다면
완벽하지 않더라도, 결과는 나중에 생각하고
일단 선택해보는 것은 어떨까?

어차피 둘 중 하나는 포기할 수밖에 없는 결과니까.
결과가 어찌 되었든 간에,
매 순간마다 반복되는 선택 속에 살고 있는 나에게
미룬다고 해결되는 건 아무것도 없었다.
선택에 신중한 사람과 과감한 사람 어느 쪽도 정답이 아닌 것처럼

선택의 갈림길에서도 정해진 답은 없다.
삶을 어느 한쪽으로만
단정 지을 수 없는 것처럼 말이다.

파란 하늘도 좋지만 땅에 젖은 비 냄새가 좋아서
오늘은 왠지 젖은 땅을 걷고 싶은 마음에
비가 오던 그 골목길을 걸었어.

4장

다시 말해줘,
너무 기다렸던 그 말

#27
꽃잎점

내 마음을 너도 알까?
어떻게 해야 할지 잘 모르겠어.
아닌 척하려 해도 숨길 수가 없더라고.
어제 분명히 날 보고 웃었는데,
무슨 의미일까? 궁금해 죽겠네.

꽃 잎 하나, 아마도 이건 사랑일까?
꽃 잎 둘, 말할까? 말까?
꽃 잎 셋, 내 마음 알까? 모를까?

오 젠장.
심장이 입 밖으로
튀어나올 것만 같아.

#28
내 마음이
들리니

너만 모르는 이야기

코끝을 간질이듯 좋은 냄새가 나.
귓가에 아른거리듯 속삭이는 것 같아.
점점 마음이 따뜻해지고 있어.
하루에도 몇 번씩 네가 생각나.
떨리는 내 마음
꽤 오래됐거든, 이런 마음이.

처음에는 내 마음을 조금이라도
알아줬으면 좋겠다고 생각했는데
지금은 들켜버릴까 조마조마해.

'마음을 준만큼 돌려받지 못하면 어쩌지'
라는 생각에 머릿속이 복잡해져 버렸어.

너는 내 마음이 들리니?

들린다면 티 좀 내줄래?

#29
너의 의미

수줍은 듯 부끄럼타는 붉어진 얼굴의 빨강일까.
눈동자 속에 물들어 있는 반짝이는 갈색일까.
유난히도 새까만 긴 생머리의 검정색일까.
가늘게 뻗은 손끝에 발려진 매니큐어의 다홍빛일까.
내 곁을 스칠 때면 나는 늘 상쾌한 월계수향의 초록색일까.

작은 몸짓, 작은 손짓, 작은 눈짓 하나가
나에게는 커다란 의미야.
매일 나는 니가 눈치채지 못하게

너의 모습을 따라가.
너의 색깔로 나를 칠해줘.

#30
다시 말해줘

"나 너 좋아해!"

지금 뭐라고 했어?
그 말이 진짜야?
정말이야?
거짓말 아니지?

너무나도 기다렸단 말이야.
방금 한 말 다시 한 번 더 말해줘.
백 번이고 천 번이고 또 듣고 싶어.
마치 지금이 꿈만 같아.
계속 듣고 싶어.

그리고,
나도 널 좋아해.

#31
안부

오랜만이네.
다행이다.
잘 지내보여서.

미안해.
아직도 못 잊어서.

잘 지내.
그래도 생각의 끝엔
너도 내가 궁금했으면 좋겠다.

#32
내 마음 속 비

그 날은 아침부터 비가 내렸어,
지난밤부터 빗물이 조용히
세상을 적시고 있었는데,

하루아침 사이에
세상은 온통 비로 뒤덮였지

이렇게 비가 내리는 날이면,
우두커니 창가에 기대어 앉아
빗소리를 듣곤 해.

왜냐하면
그때도 비가 내리는 날이었거든.
너를 처음 만났던 그 날 말이야.

파란 하늘도 좋지만
땅에 젖은 비 냄새가 좋아서
오늘은 왠지 젖은 땅을 걷고 싶은 마음에
비가 오던 그 골목길을 걸었어.

늘 함께했던 카페 그 자리에서
물끄러미 창밖을 봤는데,
아직도 이 비는 그치지 않네.
어디서 이렇게 오는 건지 말이야.

인연이라는 게 참 야속한 게,
영원히 계속되지도 않고, 쉽사리 끊어지지도 않더라구.
먼 훗날 시간이 흘러, 추억은 희미하게 흐려지고, 기억도 점점 무뎌지겠지만
오늘처럼 비가 오는 날이면 잠깐이라도 내 마음에 머물다 갔으면 좋겠어.

천천히 너의 기억을 따라가다 보니
창밖으로 출렁이던 빗물이 어느새,
남아있는 너의 흔적들과 함께
가슴 깊이 스며들고 있었어.

참 이상하지?
언제부턴가 비 오는 날이 좋아졌거든.
그래서 오늘은 이 비가 그치지 않았으면 좋겠어.

그리고 고마웠어.
네가 곁에 있어서 참 따뜻했거든.

#33
받을까
말까

어느 날 한밤중에
그리워하던 사람에게 걸려온 전화 한통.

발신자 표시를 확인하는 순간
가슴이 쿵쾅거리고 아련한 기분이 스쳐지나갔다.

그 짧은 순간의 감정은,
기다림이었을까?
아니면 설렘이었을까?

전화기만 들고 멍하니 그렇게 한참을 바라만 보았다.

그렇게 끊겨버린 전화.
물끄러미 부재중 표시만 하염없이
바라보다가 아무것도 하지 못했다.

전화기를 수십 번 들었다 놨다를 반복하다가
괜히 마음만 싱숭생숭해져버렸다.
그리고 차오르는 너에 대한 생각들.
'항상 나를 따뜻하게 토닥여줬었는데 말이야'

시간이 꽤 오래 지났음에도 불구하고,
과거의 기억을 따라 더듬어보면 어느새
그 기억 속에 다다를 수 있다.
그때 그 사람, 그때 그 장소, 그때 그 추억을
끄집어내는 데 시간은 생각보다 그리 오래 걸리지 않는다.

내가 밤을 좋아하게 된 이유 중 하나도
어쩌면 바로 조용히 차오르는
그때의 그 기억 때문인지도 모르겠다.

가만히 밤공기를 맡으며 생각에 잠겨있으면
수많은 추억들이 하나의 별자리가 되어 마음에 들어온다.
좋았던 시간의 기억은 어디쯤 있을까?
별의 개수를 헤아려본다.

사람들은 시간이 지나면 괜찮을 거라 말하지만,
난 아직도 괜찮아지지가 않네.
언젠가는 점점 옅어지겠지?

인생에는
돌이킬 수 없는 것이 참 많은데,
어떻게든 돌이키고 싶은 순간도 있는 것 같아.

안녕?
안녕!
안녕…

조금씩 나의 흔적이 너의 마음 속에서 흩어져도
너의 마음에는 다시 봄이 찾아왔으면 좋겠다.

새벽 두시,
혼자 남겨진 방.
그 마지막 끝에서.

ESPRESSO
TEA
DESERT

GRAND
BUDAPEST
CAFF

#34 시간을 달려서

이미 많이 흘러버린 시간
가끔 시간을 되돌릴 수 있는 태엽이 있으면
좋겠다 생각을 하곤 해.

'타임 슬립' 영화처럼 한번쯤은 누구에게나
이런 기회가 생기면 얼마나 좋을까.
그러면 많은 것들이 더 좋아질 수도 있을 텐데.

하지만
시간은 뒤돌아보지 않고

하염없이 다음을 향해
달릴 뿐이야.

그래서 더욱 가슴 아프지만,
수많은 시간들과의 헤어짐으로 성숙할 수 있었어.
이후 우리는 다른 사람을 만나 사랑하겠지만,
처음 너와 만난 그곳을 생각하면
떠오르는 유난히 짙게 물든 그때의 가을.

서늘한 바람소리와 함께
기억의 조각들이
내 마음을 붙잡고
맴돌고 있는 것 같아.

"시간을 달려서 갈게.
숨이 턱까지 차오를 때까지.
그때 거기에서 기다려줘."

BOULANGERIE PATISSERIE GRAND PARIS
LE GOURMET DE
GRAND PARIS !
BAKERY BOUTIQUE

#또 다른
해피엔딩을
기다리며

누구에게나 주어지는 오늘이라는 시간을
늘 특별한 무언가로 채우는 사람들은
생각보다 많지 않다.
하지만, 일상 속 무심코 지나칠 수 있는
이 작은 사건들이 모이면,

때로는
예기치 못한
특별한 행복을
가져다줄 때도 있다.

출근하지 않는 토요일 유난히 달았던 늦잠,
느긋하게 나왔는데 바로 도착한 버스,
평일 오전 11시의 아무도 없는 카페,
좋아하는 사람들과 오후 시간,
퇴근길 지하철에 남아있는 자리 한 칸,
밤 하늘의 별,
샤워 후 포근한 이불 속,
따뜻한 엄마의 밥상,
밤 열두시 조용한 동네의 공기,

그리고
늦은 밤
조명 하나만 켜놓은
작업실에서의
더치커피 한 잔!

어쩌면 아주 작고 사소한 모습일지 모르는
이 찰나의 순간들이 누군가에겐
아직 오지 않은 미래의 가슴 뛰는 설렘일 수도 있고
또 다른 누군가에겐 이미 지나갔지만
마음 한구석에 남아있는 아련함일 수도 있고
또 어떤 누군가에겐 갑갑한 일상에서 벗어나
늘 꿈꾸는 작은 간절함일지도 모른다.

이 수많은
오늘의 작은 조각들이 모여
멋진 엔딩을 만드는 것이 아닐까.

삶이 시시하다고 느껴질 때가 있다.
나는 지금 충분히 인생을 즐기고 있는 걸까?
그리고 최선을 다해 살고 있는 걸까?

어디로 가는 건지 알 수 없는 긴 인생이라는 여행은
언젠가 종착역에 다다른다. 마지막에 닿을 때까지
어떤 일이 일어날지 모르는 그 머나먼 여정에 대해
어느 누구 하나 가르쳐주지 않는다.
그리고 어쩌면, 내가 열심히 묵묵히 가고 있는
이 긴 여행의 결말이
해피엔딩일지 새드엔딩일지도 아직 모른다.

단 한 가지,
멋진 내일을 위해 보통의 오늘에서
지금도 꿈을 꾸며 살고 있는
세상의 모든 존재는 젊고 아름답다.

모두에게
해피엔딩!

찹쌀독의 보통날

생길 거예요, 좋은 일

1판 1쇄 인쇄 2016년 3월 10일
1판 2쇄 발행 2016년 4월 15일

지은이 배성규

발행인 양원석
본부장 김순미
책임편집 최경민
디자인 별을 잡는 그물
해외저작권 황지현
제작 문태일
영업마케팅 이영인, 양근모, 이주형, 박민범, 김민수, 장현기, 이선미
펴낸 곳 ㈜ 알에이치코리아
주소 서울시 금천구 가산디지털2로 53, 20층 (가산동, 한라시그마밸리)
편집문의 02-6443-8825 **구입문의** 02-6443-8838
홈페이지 http://rhk.co.kr
등록 2004년 1월 15일 제2-3726호
ISBN 978-89-255-5880-6 (03810)